鄭華娟
我是氣質卡
專心‧堅持‧全力衝刺,
狗日子萬歲!

我是小卡 ···································氣質卡

聽說會認證大樹枝的我最近「爆紅」。

偷偷告訴你，我根本不了解這兩個字的意義。只知道有不少人看到我認證大樹枝的照片感到很快樂；一隻狗可以讓人感到開心，眞是好事一件！

不過，當咖啡台妹告訴我出版社想要出我的書時，我眞是笑翻了！我想來想去，眞的不知道我有什麼資格可以出書？

是因爲我會認證大樹枝，所以震撼了你？還是我要把大樹枝帶回家的那種堅持，鼓勵了你？或是，我古板規律的生活習慣，讓你感到傻裡傻氣安安心心過生活很讚？

總之，坦白說，我一點也不覺得我很特別，而且特別到可以出書！我只是把我每一天的生活，在有限的能力中，盡量過得充實而已。而且這些事，是世界上每一隻狗同事都能做到的喔。

當然，我居住的地方，對狗狗的保護很用心。我的主人（除了愛尖叫的女主人之外）也是對我超好。在這般條件下，讓我有很多機會可以發揮我的「認證」所長。當然也就有機會常常跟大

家分享我的認證成績。

　　但咖啡台妹告訴我，這世界上還有很多人對狗狗不友善。更有許多國度對保護動物的立法不完備。以至於有很多狗同事們根本沒有機會好好發揮牠們的天賦。這真是太可惜了！

　　所以，爆不爆紅，對於我而言只是一陣輕煙；如果能讓更多的狗同事們得到合理的愛護，也讓每一隻狗在其生存的國度得到必要的保護與對待，那就希望這本書可以給你帶來如認證大樹枝般的信心，這樣才有改善整個大環境的力量呀！不要覺得不可能，因為我也從不會對我想要的樹枝大小設限呀！（咦？我隱約聽到有人不滿的尖叫聲……）

　　讓我們一起旺、旺、旺，加油吧！

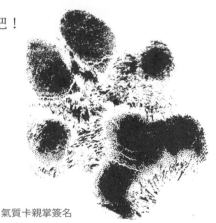

氣質卡親掌簽名

咖啡台妹的插花語：

三十年前，在台灣餵流浪狗，救助流浪狗；三十年後，看見許多熱血救援的愛狗人士還在做一樣的事。我才明白，這一定不是狗的問題了。

在德國和氣質卡一起生活後，確定流浪狗的救援，不可能是私人贊助可以解決的事情。德國是整個國家盡心盡力在做這件事：從立法，管制，到嚴格執行。外加落實學校教育與教化人心。希望這本書，捐助布施的是氣質卡的精神，這隻在德式法令下，出生成長的小狗的天然本能，是如何打動我們的心，激勵我們活出自己的風格。

請準備好你的攝影器材，把你寵物的一生都精彩地記錄下來吧！透過鏡頭，你一定會發現動物最美麗單純的內心世界，是如何為我們的日常生活加值良善的動力！祝福！

盼望台灣的執政者能看到這本書，西歐強國的德國動保法，是真的能給狗狗們一個完善的成長空間。真正的強國，就是在改善人民福祉的事上說得到也做得到。一如小卡的專注與從不放棄的動人堅持。

C ON T

ENTS

chapter-1
自然 Z
簡單自然生活力

我出生時，頭上有小花斑。聽說這叫做「瑕疵」，我不懂小花斑為什麼是瑕疵？只要我的心很完整，身體很健康，這些外表的標準，我可不在乎！

ZISKA

Z 是字母中的最後一個字。是小狗Ziska（氣質卡）名字
的第一個字母。

氣質卡，是一胎狗仔中，沒有人要的小狗。她出生
時，頭上有許多排列不均勻的小花點，她的兄弟姊妹都比她「完
美」，牠們很快的都在離開狗媽的八星期中找到了新的主人。

氣質卡和她的另一個姊妹，原本可以和狗媽媽在農場上快
活地度過一生，然而，上天卻認為氣質卡更該走向我們，啟示生
活中許多美麗的感動（在這兒我要用力感謝上天的安排！），於
是，這隻沒人要的「瑕疵」犬，帶著上天賦予她內心的廣大能
量，來到了我們的生活中，從此豐富了我們的每一天。

和氣質卡一起生活的這些日子以來，我假想著有個神秘的
「氣質卡狗宇宙」，氣質卡從那裡接收許多神秘的電波，這些電
波教導她如何認證一根根大樹枝。（誰都不明白她為什麼要撿那
麼多巨大的樹枝？）每當我看到她認真認證大樹枝的模樣，就想

像氣質卡正在跟這個「氣質卡狗宇宙」中的某人或某狗做第三類接觸。你當然會笑我這麼想，而我總得爲我無法解釋的事情，找個有趣的原因呀！

氣質卡的神秘巨大樹枝認證能量就是我稱爲的：

自然「Z」（她名字的第一個字母）！
＝氣質卡的簡單自然生活力！

這股自然Z是很強大的，強大到我會看到氣質卡倔強要自己拿大樹枝回家的時候，被她可愛的堅持而感動到快落淚。只要一被氣質卡感動，我的心就如同被洗滌了一番，好似有種可以呼吸更多新鮮空氣般的快樂。

所以，我也想邀請你準備好接收這股很有能量的、來自神秘「氣質卡狗宇宙」的強大自然心靈氧氣。

親愛的各位，接下來就是氣質卡的宇宙超強可愛初登場……

主人 咖啡台妹

註：接下來的內容爲氣質卡自己的口述意見；
主人我（以下稱：咖啡台妹）也會不時登場插花說明一下我的想法，
不能只讓氣質卡的狗哲學專美於前，對吧？

氣質卡的開場白

各位放心，我的開場簡單扼要。我可沒興趣像咖啡台妹那樣落落長地發表一堆有的沒的心情概論。

如果你喜歡看我成長的故事，那就足夠了，你喜歡我，這就是讓我快樂的事。也希望你會發現更多我的狗同事們的成長故事；我知道有些小狗比我更可愛，更聰明，牠們的才能只是被忽略了。也或許這些機靈有趣的狗同事們就在你身邊，正準備把牠們更精彩的故事與你分享，你只要對牠們友善一點，牠們就會回報你這個宇宙星球間更多更多的友情。

請更愛護我的同事們，這就是我分享我的成長故事的目的。

謝謝各位！

我的媽媽是世界上最美麗的一隻狗！
愛著父母的小狗或小孩，都有比較快樂的心！

我出生時，頭上有小花斑。
聽說這叫做「瑕疵」，我不懂小花斑為什麼是瑕疵？
只要我的心很完整，身體很健康，這些外表的標準，我可不在乎！

沒有「瑕疵」的兄弟姊妹都被人
領養了；我沒有人要……哈哈！
這樣剛好耶！我可以和我親愛的
媽咪永遠在一起喲！

咖啡台妹：
如意算盤打太早了……

然而，有一天，
來了兩個和我一樣不在乎我頭上小花斑的人。
我被他們給帶離了媽媽。
未來的生活到底是怎樣的呢？
難道眞的要把我帶離這個有馬鄰居的廣大農場嗎？

咖啡台妹：這兩個人就是我們啦！
老德先生和咖啡台妹。
農場女主人說小花斑以後會慢慢變成一條直線。
不管是花斑或是直線，
我們就覺得這隻小狗很對眼，好喜歡喔！

我哭了，不是因為傷心，
也不是因為離開了農莊，而是因為暈車。
沒想到這麼愛吃的我，竟然也會吐？

咖啡台妹：要接小狗回家的人，不準備嘔吐袋哪行咧～～

新主人對我講了很多話，我卻一句也聽不懂。
只好靜靜地看著她，我好想回家喔，
我感覺眼睛都有淚珠打轉了。

新主人給我準備了玩具。
我太累了，抓了一隻布熊來當枕頭；它就是我的第一個新朋友。
我非常喜歡它。

咖啡台妹：哇！這就是飯飯熊的初登場！嚐～

新主人自己也喜歡玩具，我也挺喜歡她的玩具。
只是，我偷咬她的玩具斑馬的耳朵時，被她發現了。
這是我第一次聽到新主人的尖叫聲。

咖啡台妹：卡妹，妳有所不知，
這隻骨董斑馬快一百歲，妳敬老尊賢一下啦……

既然禁止我玩某些玩具,我就去
玩花盆吧!這裡頭有一根小樹
枝,讓我想起了生活在農場的媽
媽。我曾經可以天天在農場上啃
小樹枝哩。

新家也有很多地方可以躲,比如
說躲在鞋櫃裡,就讓新主人花了
大半天都找不到我。哈!

長大，不是一件容易的事；不想長大，就不能吃更多食物了，所以還是快快長大吧！

咖啡台妹：真是典型的拉不拉多犬的超級愛吃之狗生哲學。

廚房是我最喜歡的聖地！我在這邊偷吃過一整袋的風乾牛肉，真是太好吃了！連包裝袋都被我吞下肚……

咖啡台妹：小卡半夜起來吐風乾牛肉，又是我的事！厚！

有氣質的我，常常逛花店。

一個溫暖乾淨的小狗床鋪，帶給我很多溫暖的感受。
雖然沒有媽媽在身旁，但有我新認識的好朋友：飯飯熊。
它至少不會像咖啡台妹那樣容易神經兮兮亂尖叫。

咖啡台妹很早就帶我去啤酒屋，你放心，我喝的是清水。

路人都對我很友善。
我也喜歡跟他們玩，更喜歡看看他們的菜籃裡，
有沒有剛好對我胃口的東西。

雖說我是一隻拉拉，天性是愛玩水，
但第一次下水，即使只是花園裡的池塘，還是把我嚇得半死！

誰會跟我玩？誰不會跟我玩？
小花瓣，我想跟你玩……

這種坐姿真的很沒氣質，
可是好舒服喔。

咖啡台妹：這樣子看來，得快讓小卡去上學，
學學站有站相、坐有坐相的好氣質才行啊！

我的腦子還不能完全控制我的身體；我常常不按時間排泄……
真不好意思啊！唉～我又隨地亂尿尿了！
咬著我的小毯子，覺得好抱歉……

咖啡台妹：可愛的小卡，這是你也沒辦法的事。
只要有耐心，一切沒問題！

我身上的幼犬專用睡神還在附身，
我走到哪就睡到哪。

我最受不了咖啡台妹看著我的腳丫子，
尖叫著說：好可愛喔！！
她一尖叫，讓我睡意全消……

咖啡台妹：各位看看，這樣的肉墊，太可愛了啦！

老想著吃是不健康的，
我也很反對小狗一直吃個不停……
我只是好奇，想請問一下，
我聞到狗餅乾，是放在這個抽屜嗎？

為了防止我亂咬東西，
咖啡台妹給我牛皮筋骨頭磨磨牙；咬得好累喔。
只好躺著繼續咬啊咬……

咖啡台妹：或許是咬太多牛皮筋骨頭了，練了一口好牙咬樹枝？

幼犬的咬鞋期，最能測驗出主人
的愛心與耐心。咖啡台妹兩樣都
通過了，只有保留了讓我受不了
的尖叫權……呵呵～

咖啡台妹：我有尖叫權沒錯，
可是這個權利妳好像很漠視耶！

我的狗飼料寄來了，
我很熱心地幫忙接包裹。

我很喜歡看天空，咖啡台妹總喜歡問我爲什麼愛看天空；
我看天總比妳每天盯著電腦螢幕好得多了吧？

chapter-2
自我 I
挑戰自我，從不設限

狗當然也有自我。能夠好好發掘自己的潛力與專長，對狗的心理健康很重要。心理健康的狗，就是一隻開心的狗。

ZISKA

I 就是「我」的意思。

一隻小狗要如何帶著天生的自我,又同時能好好地在人類的社會中成長呢?當然好的狗主這時就很重要了,因為有概念的狗主人會按部就班帶領著小狗朝更適合與人類一起生活的路上發展,也鼓勵小狗不要害怕與人相處,更幫助小狗和平地和其他狗狗一起玩耍,這才是狗狗夢中的「大同世界」呀!

小卡的自我成長史很好笑,她每天都會有一些新發現和新點子。比如說她對大樹枝的熱愛,是與日俱增且越撿越大枝地驚人!小卡的作息也很正常,每晚八點半就會倒頭睡著的習慣,到現在都沒有改變。

或許是德國的愛狗環境,讓小卡可以安安心心地好好學習各種和人類相處的技巧,也讓她保有了動物天生本性的生理規律。

小卡保有自我的成長,又是怎樣的過程呢?

主人 咖啡台妹

氣質卡的開場白

我很幸運，降生在一個大家普遍對小狗都很愛護的地方。

這種被保護的感覺讓我可以很安心地成長，也可以很開心地做自己。

狗當然也有自我。能夠好好發掘自己的潛力與專長，對狗的心理健康很重要。心理健康的狗，就是一隻開心的狗。

但幸運之中，我也有我的壓力。

壓力？是啊，成長中的我當然也會有壓力啊，因為咖啡台妹居然要送我去上學！當一隻狗每天就已經很忙了，還要去學校學習人類規範我們的事，唉～這不是壓力是什麼？

唉，我真的擔心我沒辦法熬過上學的日子。

還好老德先生會陪我去上學，這點就讓我安心不少！至少我在學校做錯事不會聽見台妹可怕的尖叫。再來就是老德先生很疼我，對我總是很客氣，很溫柔，有他陪著我上學，我就會快樂一點。

到底在狗學校裡，我要學些什麼呀？

哇，好可怕……今天要開始上狗學校了。
不知會發生什麼事？

咖啡台妹：氣質卡，學校真好玩！
妳看：有溜滑梯，有彩色的跳板，很有趣耶！不要擔心啦！

狗學校在森林裡。咖啡台妹一直跟我說上過學的狗,是有氣質的狗;
那我確定咖啡台妹沒上過學⋯⋯嘿嘿嘿～

喂！等一下！這位同學！還沒開始上課耶～
氣質！請注意一下氣質！

哇!別的同學好厲害。
聽得懂主人的口令⋯⋯我緊張了⋯⋯

上課好累喔。一下要進水盆，一下要踩彈簧墊……
是說長大就會天天遇見這些事嗎？

要安靜坐那麼久，先來東張西望一下……
什麼？要我趴下？趴下不好玩啦！

咖啡台妹：氣質卡小姐，拜託妳專心上課！
我看妳大概會被留校察看。

我很喜歡上課結束之前的「亂跑課」！跟所有同學一起快樂地亂跑，我們這樣學會和平地一起玩喔。

咖啡台妹：小卡是班上年紀最小的狗；同學都好大隻喔。小卡一邊跑一邊被撞翻……這就是學校要教小狗們的事：如何正確和氣地玩耍。

只有這位同學跟我同齡，而且體型不會大到把我撞翻；我只想跟牠玩喔。牠以後可能會成為救難犬耶！那是什麼工作啊？有很多東西可以吃嗎？

咖啡台妹：這隻狗有在《氣質卡小狗學堂》出現過；牠的主人很希望可以把牠訓練成一隻救難犬。

受不了了！躲在教具車下，這樣
就可以避開喜歡把我撞翻的同學
了。

*咖啡台妹：可是氣質卡，妳忘了把
尾巴藏起來……哈哈哈！*

經歷了上學之後，
我也經歷了生命中第一個秋天。

上過學後，在秋風中，
我懂得如何跟所有遇見的同事們和平地玩耍，
而且不會害怕。
學校教我的事還真不賴呀！

秋天爬上沒有樹葉遮蔽的樓梯上看看。
咖啡台妹說這叫做古城牆。
我聞了一下，確定這個地方沒有東西可以吃。

咖啡台妹：有氣質的小狗應該不會一直想著吃吧？

牠們要去哪裡？

咖啡台妹：
氣質卡，妳看大雁的背影很有氣質喔，
但我看妳是想獵雁吧？

哇！下雪了！

下雪天，睡覺天。

我和飯飯熊的冬日午睡。

好涼喔！咦？
咖啡台妹怎麼一直發抖？

咖啡台妹：氣質卡，這樣會舒服嗎？
我可快要凍昏倒了!!

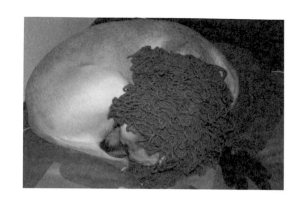

睡午覺時，我偷了咖啡台妹的圍巾當頭巾。
當然引來了咖啡台妹的一陣尖叫。

我覺得是咖啡台妹的尖叫，
讓這片湖水結凍了！

咖啡台妹：小卡，「喊水會結凍」
並不是這樣解釋的……

我的主人很喜歡烏爾勞布（度假）。我當然也有跟著一起去玩耍，這是我成長的重要過程。但是我的旅行比較有主題（就是找大樹枝），而咖啡台妹的旅行主題就很隨興（她根本就是沒有主題）。

　　咖啡台妹：
　　我要說的故事，都寫在《愛的可頌麵包》那本書中了。

我第一次的國外旅行，是去法國。
我坐了好久的車，只為了滿足那個咖啡台妹的奇怪願望：找松露，
還有帶我去看巴黎鐵塔。這兩樣事情，我真的都毫無興趣……

咖啡台妹：小卡，妳真的都沒興趣？很浪漫耶！

我還是對樹枝比較有興趣……

咖啡台妹：
靠小卡找松露的夢碎……

找松露之旅簡直就是大災難。
第一，季節不對。
第二，我只想找大樹枝。

我在浪漫之都！
那邊樹叢裡不知有沒有樹枝？

這幾根圍松露莊園的木樁不錯，
我可以撿這幾枝嗎？

有人尖叫著說我竟漠視巴黎鐵塔前的艷遇，只會咬樹枝！

咖啡台妹：氣質卡，妳真的超不浪漫耶～！

你們安心看鐵塔，我來專心找樹枝。

我也喜歡參加慶典遊行，每個人看起來都好快樂。

我更愛陪阿嬤做果醬。
咖啡台妹，妳不要尖叫，我不會偷吃啦！

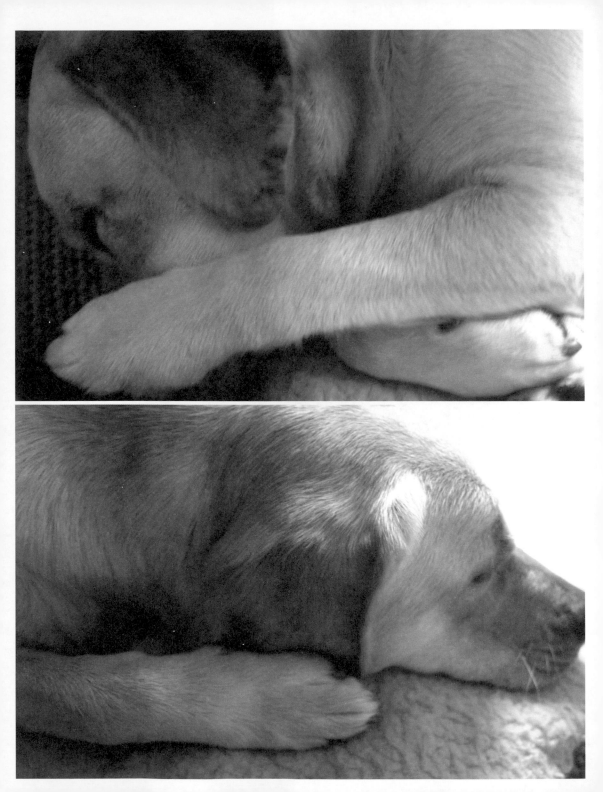

我也要學上餐廳，
安靜地等待主人用餐。

咖啡台妹：歐洲多數的餐廳都接受
小狗進入，還會提供飲水給小狗喝
喔。

成熟的我，
會容忍咖啡台妹烘咖啡的味道；
更能忍受她神經兮兮的尖叫。

我會陪咖啡台妹去買菜，
還會幫忙提東西。

我可以耐心又安靜地
陪咖啡台妹逛跳蚤市場舊貨攤。

咖啡台妹：小卡比我還有耐心喔！

我用跟小時候相同的方法
接自己的飼料包裹。

我結紮了。

咖啡台妹：爲了防止小卡去舔傷口，獸醫說給小卡穿上 T-Shirt 就可以了。我買了一件很喜歡的紅 T-Shirt 送給小卡，謝謝她的諒解，也祝她可以早點出門玩耍。謝謝妳，可愛的氣質卡！

咖啡台妹尖叫著說：「好漂亮的春花喔！」
可是我前進花叢，沒有我喜歡的樹枝。

我一接近樹木就會很快樂。看見我的笑容了嗎？

咖啡台妹：我知道。我也看到妳的笑容了。
只是，妳爲何那麿喜歡樹枝呢？

我從小就告訴自己，
到哪兒都要發現好枝，看到了嗎？

我在乎我眼中看見的世界，
這就是生活的靈感來源。

我的鼻子可以聞到很多有趣的東西，比如：可愛的塑膠小狗，還有金屬味的錢幣。這些都是我的本能啊！每隻狗都會，可是咖啡台妹總要過度解讀，甚至扯到什麼前世今生之類的，真受不了！

咖啡台妹：小卡一定有超能力！會找到玩具，還有她四個月大時，在千年教堂邊的古樹下挖出古錢耶！好厲害！她前輩子一定是……

chapter-3

樹枝 S

全力以赴，認證樹枝

有人說小卡前世可能是在伐木廠工
作；有人猜小卡前世是個木匠；最
有趣的是，有人說小卡前世是一位
未完成木雕作品的藝術家！

ZISKA

S 這個字母，出現在氣質卡的名字裡，一定有某種含義。而且這個字母的形狀，看起來就是大樹枝的形狀嘛！氣質卡對於樹枝的喜愛，比起其他的拉拉，是有些誇張，她對於小又短的樹枝，可以說是完全沒有興趣。只有又長又重的樹枝，可以符合氣質卡的撿拾標準。莫非在她的「氣質卡宇宙」裡，早就有一套制定好的大樹枝撿拾機制？我們真的好想知道，可是氣質卡卻什麼也不透露。

氣質卡到底撿那麼多巨大的樹枝，是為了什麼？她或許是想要造自己的小屋？或是一艘船？還是單純地喜歡這些她「認證」（撿樹枝前的品管動作）過的木頭呢？有人說小卡前世可能是在伐木廠工作；有人猜小卡前世是個木匠；也有人說她本是一隻收集樹枝的水獺，投錯胎到了狗身上。最有趣的是，有人說小卡前世是一位未完成木雕作品的藝術家！

我們也曾異想天開，帶氣質卡到法國的松露產區去，期望她能發現價值不菲的大朵黑松露！不過，氣質卡倔強地依然故我，在松露園邊，「認證」了一支很棒的巨型大樹枝……

　　說也奇怪，氣質卡撿的木頭確實都很好看。或許她的身體裡真的住著一個前世的藝術家。只是，當這些樹枝多到快占滿我們的生活空間，我們只好將部分樹枝運走時，小卡那種如同人類一般依依不捨的眼神，真的非常震撼我。

　　我們都不知道她為何一直在撿大樹枝；我們只感覺她還未找到她夢想中的大樹枝。

　　撿大樹枝這個習慣，是怎麼開始的呢？

主人　咖啡台妹

氣質卡的開場白

　　我對於咖啡台妹的疑問，只有一個很簡單的回答：「我喜歡大樹枝！」狗就是這麼直接。喜歡就說喜歡。不喜歡就說不喜歡；沒得假裝。

　　當然咖啡台妹還是要假惺惺地替我分析一下狗心理：

　　可能卡妹太無聊，咬樹枝發洩？（這分析只適用於咬小樹條的狗。）

　　把撿大樹枝當成消耗精力的運動？（對不起，這種分析是在說我頭腦簡單，四肢發達？）

　　情緒不穩？（請看我的樹枝都很有美感。我可不是隨便撿，每枝都要先經過認證！）

　　以上皆非。

　　喔，對了！我除了撿我看到的大樹枝之外，也可以啟動我的「大樹枝雷達」來找中意的樹枝。大樹枝雷達一啟動，沒有我找不到的好枝。

　　如果你問這個雷達是否有天線？當然有啊，就是由我頭頂的小花斑所變成的那條直直的「卡線」；這條「卡線」只要變得很清楚的時候，就是卡式雷達發威的時刻。

冬天大雪中也可以認證。

夏天的樹枝如此當裝飾
也很得我心。

我的終極目標是認證像這樣的……
咖啡台妹又尖叫了……

這種大小的樹枝也很合我胃口！

我知道我要什麼。

今日枝，今日撿。今日事，今日畢。

不求人。

如果這整棵樹可以帶回家……

耶誕節前，
大教堂前有好大的耶誕樹喔！
這些樹枝很讚！

這種樹枝只能算是牙籤。

對喜愛的事，一定追根究柢。

這枝是極品……認證中……
通過認證了，可是咖啡台妹
就是不肯讓我帶……

咖啡台妹：哈哈哈！小卡，
妳是又想聽我的尖叫嗎？

哇！漂流木樂園我來了！

這枝通過認證。
沒人幫我拉出來，
急呀！站起來用扛的方法試試。
咖啡台妹妳不要尖叫，
是沒看過狗扛樹枝嗎？

咖啡台妹：啊～～～！卡妹！
哪有狗會扛樹枝的啦！嚇到我了！

哈哈！這枝我更中意啦！
換枝！

咖啡台妹：氣質卡，厚！妳真的
可以撿那～麼～巨大的樹枝！！

沒辦法！
撿一枝瘦一點的好了。

這枝又重又好。

認證的精神就是：
不要受限，全力以赴！

咖啡台妹：對不起，妳確定這是一根樹枝？

要做，就做最專業的。

咖啡台妹：小卡真是有夠太臭屁……

請看我的收藏！隨時要檢查我的樹枝有沒有減少？

咖啡台妹：是擔心我會偷樹枝嗎？

樹枝不會被偷，
卻會被無情地運走……

咖啡台妹：小卡，
我知道妳愛這些大樹枝。
可是，妳撿太多了，
家裡真的擺不下了啦～～

偷偷搶救一枝……
快……不能被發現，
不然咖啡台妹又要尖叫。

唉～～又要送走一批我的樹枝！

聽了那麼多理由，
就是一定要把我的樹枝
送走就對了？

有些事無力改變，
那就處之泰然。

舊枝不去，新枝不來。

我最愛的就是這種長樹枝了！

我千不捨、萬不捨的背影……

我就是大樹枝認證專家氣質卡!
在一望無際的森林裡,請大家多多指教!

目標清楚，就不怕遇見岔路。

大樹枝配上大自然，
整個心情就是一個美麗的小宇宙。

咖啡台妹：你一定好奇小卡的大樹
枝都被運到哪裡去了？其實，送給
公婆當壁爐的燃柴了。當小卡看到
所有大樹枝都被鋸短排好，準備過
冬用時，真的笑開懷！

chapter-4

規則 **K**

清楚自在的生活秩序

還好有老德先生可以當我的學習對
象，讓我的清楚思路和大樹枝雷達
有所依歸，不然真的是會被咖啡台
妹的亂亂生活哲學弄到昏頭脹腦。

ZISKA

Klarheit 這個 K 開頭的德文字，就是清澈清楚明明白白的意思。這一章的圖文全都與 K 這個字母有關聯。

氣質卡每天的生活作息都很正常，比身體裡裝了定時鬧鐘還要準確。

我們根本不必擔心她每天會無所事事，因為她的生活目標單純且實際，所以她沒空落入虛空的自怨自艾。

這一點，有可能是跟走實際派路線的老德先生不謀而合。小卡的學習對象，就是凡事要處理安頓得清清楚楚的老德先生嘛！

一隻思路清楚的狗，到底是如何安排她的生活的呢？

主人　咖啡台妹

氣質卡的開場白

　　我有個不按牌理出牌的女主人，雖然我是一隻思路清楚，且有大樹枝雷達的狗，但我的女主人卻與我的個性完全不同。說更清楚點，就是：跟超級隨性的人一起生活，不是件容易的事。

　　還好有老德先生可以當我的學習對象，讓我的清楚思路和大樹枝雷達有所依歸，不然真的是會被咖啡台妹的亂亂生活哲學弄到昏頭脹腦。還有，如果你是她的粉絲，也請來問我有關她的真面目。世界上所有擁有粉絲的偶像家裡的那隻狗，才是真正了解你偶像實際為人的唯一消息來源。（我可不是狗仔，請勿降低我的格調；我的消息是第一手「狗掌」的，不是偷拍的。）

　　真實的咖啡台妹是怎樣的人？我為大家整理幾個重點：

　　一、她的心情很難捉摸（老德先生比我先跟她一起生活了很久，也無法了解咖啡台妹腦袋裡的世界）；

　　二、她一看到我要認證樹枝就會尖叫（她的尖叫是沒法治癒的一種緊張兮兮）；

　　三、她常常到處旅行，把我丟給老德媽媽照顧（愛旅行的咖啡台妹真的很任性）。

　　除了以上三點，咖啡台妹還算滿可愛的，跟我差不多。

Ⓚ 是 Klarheit，清楚又明白

老德先生的生活很規矩。他沒辦法忍受咖啡台妹餵我吃飯的分量不清不楚。所以，他把我的食物都清清楚楚地先量好，分袋裝好，再由咖啡台妹按時倒出來給我吃。

咖啡台妹：我覺得「差不多」度量衡也不錯啊，一定要搞得那麼精確嗎？

我喜歡老德先生的精準。
表示他很在乎我呀!好幸福喔!

這是我的歐盟犬隻護照。
沒有它，就沒有我。

沒有老德先生的細心，
我肯定會被咖啡台妹的「差不多」餵食法弄壞身材⋯⋯

我和我的同事都有買責任意外
險，也有繳狗稅。這是飼主愛我
們的表現。

定期打預防針。

咖啡台妹：有打預防針才能上狗學校。
不然跟其他狗狗玩耍時，會容易互相傳染疾病。

我晚上八點半一定要上床睡覺。

咖啡台妹：
看到小卡的睡姿，我也會被催眠……

我一這樣睡覺，咖啡台妹就會尖叫……

咖啡台妹：
是說很可愛才會尖叫啊～～～啊～可愛！

🄚 是 Küche，廚房

廚房對拉拉來說，就是天堂。
在餐桌底下，聞聞各種好料的香……

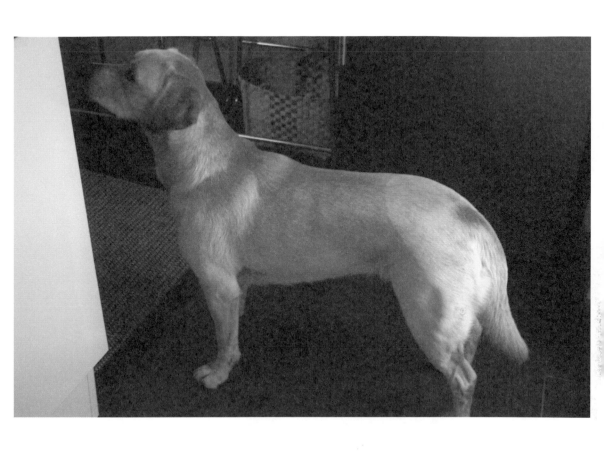

不知道在煮啥好吃的，
有我一份嗎？

咖啡台妹的生活都在廚房：
品酒、煮飯和烘咖啡！

在廚房等著咖啡台妹烘完咖啡吧，
不然好嗆喔～～

K 是 Knochen，我愛啃的大骨頭

這根羚羊大腿骨真夠有嚼勁兒！

每年都有人送我整隻牛的骨頭。
咖啡台妹會幫我烤得又酥又脆。

咖啡台妹：小卡，這才剛放進烤箱，
還要好久才會烤好喔！妳要等嗎？

大骨頭只屬於有耐心等待的狗。

咖啡台妹：小卡寸步不離烤箱，
大骨頭終於烤好啦！

香！

我挑了一根好樹枝來換大骨頭。

什麼？要明天才能吃？

誰會比我有耐心？決定等你到天明！

咖啡台妹：小卡真有耐心，就算開始啃樹枝了，
也不會擅自跳上桌去拿骨頭吃。

chapter-5
起始 A
一切從頭的勇氣

我知道上天給每一個人、每一隻狗
的一天都是一樣的,如果你用心,
你就能發現這一天之中更多精彩的
細節。

ZISKA

A 就是萬事的開始;也是氣質卡名字的最後一個字。

這真是一個奇妙的名字呀!開始於 Z,結束在 A。氣質卡真的狗如其名,在她的小小氣質狗宇宙中過著承先啓後,包羅萬象的秩序生活。

我們當然永遠猜不到小卡那些漂亮大樹枝的含義,而氣質卡的「大樹枝精神」,卻如同一棵參天美麗大樹的種子,落入我們的心中,長出了很多開天闢地的勇氣。

請帶著小卡的「大樹枝精神」,遨遊在你的世界裡吧!

試試看,日子一定會開始有不同的歡樂!

跟你分享氣質卡盡情度過春夏秋冬每一天的快樂模樣!

主人 咖啡台妹

氣質卡的開場白

有不少人喜歡我的生活態度。其實每個人都可以有這樣的生活態度。我是說真的，我從不懷疑你做不到。因為就連我是一隻名不見經傳的瑕疵犬，都可以不顧一切把生活過得很認真。

對，「認真地過日子」就是我的座右銘。

我的雜念很少。這是讓我可以專注於很多事的原因。

我從不設限撿樹枝的大小，這讓我可以挑戰自我。

我從不自怨自艾，因為悲傷很花精神，我寧可留下體力認證大樹枝。

我用力享受每一天，即使沒有陽光，還大風大雪。

我專心吃飯，把握每一口能吃的食物，就是我與生俱來的快樂能量。

我愛睡覺，好的睡眠讓我情緒很穩定。

我喜歡每一隻遇見的狗同事，也替牠們高興有愛牠們的主人。

我知道上天給每一個人、每一隻狗的一天都是一樣的，如果你用心，你就能發現這一天之中更多精彩的細節。

如果你還是提不起勁兒，就想想我，一隻不完美的瑕疵犬，也能找到彼此看對眼的主人，而且好愛對方！

還有認證大樹枝時，一定全力以赴、堅持到底的精神……

春

春天的陽光,讓我如此雀躍快樂!

這樣玩球很開心！

心事小豬知就夠了。

春天的喜悅。

每個人都應該去找一棵
自己最喜歡的樹。

春天，
一個人散步也浪漫。

夏

夏天就是戲水天。

遇見同好，友善交流。

天鵝，我來了！

專心的技巧，首重平衡。

先別說做不到，我都先試了再決定。

喜歡的東西，總是得花些力氣得到。

玩，也要專心才能開心。

請跟我玩。

笑容，要發自內心。

球都幫你擺好了。
要球就來追。沒人是我的對手！

夏天玩球，要注意補充水分。

專心，就有機會發現機會。

我和幾位狗同事，
都是挖坑專家……

秋

秋天，可以躲在樹葉裡。

我最喜歡秋天的落葉！
跟我的毛色好搭！

秋天的樹掉光了葉子，
未來就有大樹枝……

秋天玩球很浪漫。

我喜歡的樹，你好嗎？

我清楚自己在等什麼。

大樹枝雷達一啟動，
躲在枯葉堆下的樹枝我也可以找得到！

誰在我的大樹枝上放了這個?!

咖啡台妹：小卡，那個是有人在森林中辦秋天的南瓜派對啦！

冬 只要可以逛森林，再冷也不怕。

我的球，什麼季節都能玩。

冬天玩到那麼髒，
是必要的快活。

兔子朋友家門口，有棵耶誕樹。

如果這棵的樹枝⋯⋯

請問上天，雪把大樹枝都埋起來了，
何時會融雪？

咖啡台妹用我撿的樹枝當耶誕裝飾，
我覺得不錯！只要別運走我的大樹枝就好……

看來孤獨，其實熱鬧，
因爲有那麼多樹枝可以期待。

祝福每一個人、每一隻狗，都和氣質卡一樣，
能快樂專心過生活。

國家圖書館出版品預行編目資料

我是氣質卡：專心‧堅持‧全力衝刺，狗日子萬歲！
／鄭華娟圖‧文 -- 初版. -- 臺北市：圓神，2014.01
　　208面；16.5×21 公分. --（鄭華娟系列；24）

　　ISBN 978-986-133-481-3（平裝）

855　　　　　　　　　　　　　　　102023943

http://www.booklife.com.tw　　　　　inquiries@mail.eurasian.com.tw

鄭華娟系列　024

我是氣質卡──專心‧堅持‧全力衝刺，狗日子萬歲！

作　　　者／鄭華娟

發 行 人／簡志忠

出 版 者／圓神出版社有限公司

地　　　址／台北市南京東路四段50號6樓之1

電　　　話／(02) 2579-6600‧2579-8800‧2570-3939

傳　　　真／(02) 2579-0338‧2577-3220‧2570-3636

郵撥帳號／18598712　圓神出版社有限公司

總 編 輯／陳秋月

主　　　編／林慈敏

責任編輯／沈蕙婷

美術編輯／劉鳳剛

行銷企畫／吳幸芳‧陳姵蒨

印務統籌／林永潔

監　　　印／高榮祥

校　　　對／林平惠‧沈蕙婷

排　　　版／莊寶鈴

經 銷 商／叩應股份有限公司

法律顧問／圓神出版事業機構法律顧問　蕭雄淋律師

印　　　刷／國碩印前科技股份有限公司

2014年1月　初版

定價310元　　　　　ISBN 978-986-133-481-3

那隻註定要和你一起生活的小狗，
就是上天賜給你最珍貴的禮物。──咖啡台妹

鄭華娟《我是氣質卡》圓神出版

那些和我們一起生活的人，
是世界上唯一可以保護我們的溫柔之神。──氣質卡

鄭華娟《我是氣質卡》圓神出版

我相信我的主人，尤其是她反應內心真實心情的神經尖叫。
哇！堪稱是世上最緊張兮兮的誠實。——氣質卡

鄭華娟《我是氣質卡》圓神出版

不要騙你的狗，因為你是牠最相信的人。——咖啡台妹

鄭華娟《我是氣質卡》圓神出版